누구나 시간의 속도는 다르다

누구나 시간의 속도는 다르다

손경선 시집

57

시와정신시인선

시와정신사

누구나 시간의 속도는 다르다

시인의 말

세상에서 가장 외로운 단어
사람.

세상에서 가장 위대한 단어
자연.

세상에서 가장 무서운 단어
시간.

사람을 노래하고
자연을 경외하고
시간을 두려워하는 시를 쓰고 싶다.

2025. 12.
손경선

차 례

005 시인의 말

______ 제1부

013 고비사막
015 먹물
017 누구나 시간의 속도는 다르다
019 모래의 방식으로
021 빈손으로 묻는다
022 삼일절 아침에
023 세싱 밀씀
024 뒤집어봤자 '전'이다
026 웅변과 침묵
027 불멍을 하다가
029 어떤 물놀이
030 세상 살아가는 일은
032 실종 신고
034 극기
035 구멍
037 사라진 이름
039 채움이라는 허기
041 민들레의 뼈대
043 맹목
044 민들레 소식통
046 혼자를 말하다

_____ 제2부

049 서툴다
050 꿈을 꾸다
051 유전
052 괭이밥
054 눈물 없는 울음
055 꿈꾸는 이유
057 당부
058 언제든지, 오너라
059 응답
060 파과 1
062 선별 2
064 세모
065 어둠의 힘
067 비망록
069 정상
070 음각
071 연필
072 체취
073 우리들의 비밀
074 떡갈비를 먹으며
076 작은 나무

___ 제3부

079 삶이 꽃이다
080 나뭇잎
081 봄의 풍경
082 들꽃에 들다
083 꽃이라 해도
084 꽃과 사람
086 첫사랑이 있었다
088 개구리가 우는 까닭
089 아직 사랑한다는
091 비법
093 전원생활 지침서
095 가을이 오는 길
096 감의 노래
097 모두가 꽃이다
098 바랭이 2
099 그믐의 기억
100 잡초가 두려우면
101 잡초에 관한 소묘
103 하늘과 땅과 사람
104 허수아비

_____ 제4부

107 머랭
109 녹아든다는 것
110 죄 많은 날
111 앙탈
113 참치씨 이야기
114 싱크홀 1
115 싱크홀 2
116 복기
118 배제 인생
120 물음표로 끝나다
121 선물
122 턴테이블 돌리는 남자
124 오해와 이해 사이
125 친구
127 뒤늦게 알았다
128 그물
129 지금, 이 순간
130 계룡산 삼불봉에서
132 계룡산 연천봉에서
134 블루오션
135 낭비를 아시나요

136 해설 | 혼자라는 습관 | 김웅기

____ 제1부

고비사막

고비사막에 간 적 없다
생각만으로 목이 탄다
입이, 혓바닥이 쩍쩍 갈라진다
오아시스와 신기루가 출렁인다

언제 어디서든 앞자리에 서고
먼저 말을 끼내고 싶은 고비가 온다
서리꽃 핀 머리칼과 깊어지는 주름살
작은 이름 하나를 이유로
'나서라'는 말의 덫에 기대어
나서고 싶은
말하고 싶은
참을 수 없는 가려움증이 돋는
간절한 고비

사막에서 길을 잃을 때
모래폭풍에 길이 사라질 때
제자리에 엎드려
숨을 죽이고 버티는 것이

고비를 넘기는 비법

고비사막에 간 적 없지만
매일매일 사막을 건넌다.

먹물

갈매기도 해를 향해 일제히 돌아앉는 겨울날
주꾸미 샤부샤부를 먹는다

살아남기 위해
수시로 주위에 맞춰 몸 색을 바꾸는 변색과
위기의 순간마다 뒤집어썼던 먹물로
한 생을 견딘 주꾸미

먹물이 구하는 것은 생명과 밝은 내일이지만
때로는 생명줄이 죽음을 부르기도 하는 세상

먹물이 별미이자 진미, 몸에 좋다는
인간의 머리에 든 먹물 몇 자
끝 모를 탐욕으로
주꾸미는 죽어서도 맑은 물속에 몸을 뉘지 못하고
남는 것은 야만의 절규

국물을 검게 물들이는
눈물 대신 몇 방울 주꾸미의 먹물

가자미눈을 뜨고 번득거리며 세상을 어지럽히는
어둡고 짧디짧은 인간의 먹물

앞이 보이지 않는 먹물 속에서
돌고 돌아 원래의 자리로 돌아오는 것이
삶이라고
몸을 비비 꼬아대며 붉게 익어간다

누구나 시간의 속도는 다르다

닭장을 가르는 족제비의 시간
놀라 날아오르는 닭의 시간
서로 다르게 흐른다

여울목에 선 왜가리의 시간
물살에 몸을 맡긴 피라미의 시간
아침과 지녁의 시간도
서로 다르게 흐른다

봄날의 아들과 가을날의 아버지
그들의 하루도 다르다

시간은 누구에게나 공평하다지만
지나가는 속도는 저마다 다르다

소모한 날들이 쌓일수록
종점에 가까울수록
발걸음 재빠르게 달아난다

아픔이 무뎌지고, 슬픔이 흐려질수록
사무치게 그리워질
아버지의 시계
가을의 시간에
오늘을 맞춰본다

모래의 방식으로

천년만년 묵묵부답으로 자리를 지켜온
바위의 일족

말보다 울음을 먼저 배워
혀를 깊이 물고 오열하는 동안
수없이 갈고
닳아서 도착한 미래다

발아래가 무너져
일평생을 맞대어도
한 덩어리로 뭉치지 못한다

물에 떠밀려가도 물이 되지 않는
바람에 흩날려도 바람이 되지 않는
바위에 짓눌려도 바위를 떠받드는
허물어질지라도 탑을 짓는

낱낱이 흩어지는 모래

모래의 방식으로
홀로 살아가는 사람들
황홀함에 취해
자신의 이야기를 써내려 간다

빈손으로 묻는다

모종을 들고 뜨락에 나서면
온통 꽃을 기다리는 빈터만 보인다

호미를 들면
파헤치고 뽑아낼 잡초만 눈에 띄고
전지가위를 들면 자를 것만
톱을 들자 베어 넘길 것만
눈에 들어온다

빈손으로 서서 묻는다

무엇을 들고
세상을 살아가야 할지.

삼일절 아침에

태극기를 내걸다가 생각한다

‘독립’
살아보니 무지 중요한 것이라고

혼자 살아갈 경제와
마음의 독립
각종 매체와 사회관계망으로부터
시간과 생각과
소중한 사람들로부터
특히 아내와 부모와 자식과
자신의 굴레로부터
완전한 자주독립 만세—

독립은 외로워지는 것이라고
그렇다면 외로움으로부터 독립

크게 소리 내어 동립同立.

세상 말씀

2인 이상 주문 가능

삐뚤어진 글씨체로
크게 덧붙여 쓴
시장통 식당 앞의 차림표

태어날 때, 세상을 등질 때
욕을 해도, 욕을 먹어도
자신을 움직이는 어떤 일도
언제나 혼자

홀로이면 외롭고
누구라도 함께하면 찾아오는 아픔
아픔보다 더 아픈 용서도
늘 혼자만의 몫

삶은 오롯이 1인분이지만
1인분의 밥은 사라진다

세상은 혼자 사는 것이 아니라고.

뒤집어봤자 '전'이다

퇴근길,
막걸리 한 잔 생각에 들어선 '전'집

철판이 달아오르고
잔칫날의 냄새가 먼저 익어간다

앞과 뒤를 알 수 없지만
앞을 익히고 때맞춰 뒤를 익힌다
놓치면 한쪽은 타고 반대쪽은 설익는다

끓는 기름 위에 눕는 건
전만이 아니다

들끓는 나날,
뒤집어엎고 싶은 날들이지만
뒤집어봤자 전

뜨겁더라도
조금은 타들어가더라도

돌아누울 수도
철판 위에서 내려올 수도 없다.

웅변과 침묵

귀와 입의 거리가 너와 나의 거리
아주 특별한 공간

문턱과 절벽 끝에서
입속의 귀로 말하고
귀속의 입으로 듣는

웅변과 침묵.

불멍을 하다가

불을 보다가
멍하니 바라보다가 깨닫는다
불에도 멍이 있음을

불꽃 일렁이며 타올라도 뜨겁지 않은
타오를수록 가슴이 서늘해지는
가슴 속 본연의 자아

숨겨둔 멍이 있어야
제대로 불꽃이 피어나는 것을
멍을 지우려면
더 뜨거운 불을 지펴야 하는 것을

가슴을 태워 본 사람은 안다
타고 난 뒤의 사소한 잔재라도
소중하다는 것을

불을 보다가
멍하니 바라보다가 깨닫는다

천국에도 지옥에도 불이 있어
피할 수 없다는 것을

그러면서 누구나 불타고 있다는 것을.

어떤 물놀이

지구의 칠 할이 물
몸의 칠 할도 물

물로 빚은 세상에서
물로 된 사람
물속에서 허우적거리며 물정 모르고 산다

외계 행성에 물이 발견되면
생명체의 징조

물속에서 물로서
물처럼 살려는 몸부림일까
물먹은 사람 많지만 물 먹였다는 사람 드문
물먹고 물 먹이는 세상살이

탈진실*의 날들
물먹는 날은 많고 길었다

* 개인적 감정이나 신념에 따른 주장, 정보가 다른 사람들의 마음을 움직이고 여론 형성에 영향을 끼치는 현상.

세상 살아가는 일은

모든 생은, 모든 세상사는
불처럼 아니 불보다 뜨겁게 스스로를 태우는 일
타거나 태우고 싶지 않아도 타버리고
불꽃처럼 흔들리며 사는 일
불을 지를 것처럼 불타며 살지만
재만 남기는 일
멍든, 불타는, 성공한, 실패한 삶도
남기는 것은 오늘뿐
손과 발은 차가워도 심장은 뜨거워야 하는 일
되는 일보다 안되는 일이 더 많고
가파르고 싶지 않아도 가파르고
평탄하고 싶지만 평탄할 수만은 없는 일
누구도 대신할 수 없고
매사 서둘러 빠르거나 게을러 늦는 일
곧게 앞으로 나아가지 못하고 비척거리며
물러서고 구부리며 감추는 일
타인을 따르지 않겠다 다짐하지만
발자취를 따르는 일
되돌리고 싶어도 돌릴 수 없고

다시 산다 해도 후회가 남는 일
그러다가 목적지 아닌 종점에 도달하는 일.

실종 신고

잃어버린 나를 찾습니다

삐뚤어진 넥타이에 끌려온 오늘
모이를 쪼는 병아리처럼
한 모금 물에 하늘을 보다가
허둥지둥 꽁지를 내리며 하루를 허물고
어둠을 틈타 내일을 기다리지만
언제나 오늘뿐인 쫓기는 나날

일, 업무, 단단한 성과의 벽 앞에서
눈빛 흐려지고 귀도 먹통이 되어간다

무거운 발등을 조이는 구두를 벗고
세상이 남긴 모든 짐들을 헤아린다

쫓기는 나
욕망의 덫에 걸린 나
아들 남편 아버지의 짐을 진 나

아무리 찾아도 그려지지 않는
쇠락한 도시 속의 흐릿한 얼굴

잃어버린 나를 찾습니다

극기 克己

끊자고 했다
커피와 술, 뱃살을
부정적인 생각을
이름을 장식하는 수식어를

아끼자고 했다
자투리 시간을
쏟아지는 말을
나를 먹어 치우는 나를

수시로 하는
나를 극복하려는 결심들

시간이 지나자 드러나는 진실
결심은 새벽에 불타오르고
습관은 이른 저녁이면 돌아오는

언제나 본연의 내가
나를 이겼다.

구멍

점점 늘어만 가는
구멍의 속살이 궁금하다

고목은 아니지만 여기저기 구멍투성이
숨 쉬고 먹고 마시고 배설도 하고
보고 듣고 냄새 맡는
구멍 속에서 매만지는 삶이다

동짓날 짧게 빛나던 햇살도
찢어지고 구겨진 어느 날의 페이지도
홀로 힘들게 꽃 피고 지는 소식도
거기 깃들이 꿈틀거리는 심장 소리도
구멍인 줄도 모르는 구멍에
구멍만큼 쟁여둔다

많으면 많을수록
깊으면 깊을수록
저장하지 못할 것은 없다고 억지를 쓰며

주절주절 매달린 구멍에게
뜬금없이 사랑을 고백한다

사라진 이름

뼛속의 뼈
말속의 뼈
글속의 뼈
사람의 사라진 이름이다

가려운 이를 긁어주는 이쑤시개
툴툴거리는 뱃속을 달래는 니무젓가락
물을 다 마셔버린 목마른 종이컵
지워진 글자 스며든 한 권의 책
나무의 사라진 이름이다

깨어진 고려청자 이조백자 철화분청 조각
배고파 조는 장독대의 항아리
매일 먹어 치우는 먹거리
땅의 사라진 이름이다

사라진 이름들이 모여
빛나는 오늘

기억은 늘 뒷면을 적시고
또 하나의 이름을 지으며 산다

채움이라는 허기

지금껏
비어 있는 곳을 채우며 지내왔다
허기진 지갑의 빈틈, 닳아빠진 집
체온 없는 책상 모서리까지

빈 곳을
토닥여 재우듯이
가슴은 걱정으로 채웠다

채운다 해도 가득해지지 않는다고
채우지 말라는
차라리 비우라는 음성은 들리지 않았다

지어서 채우고
허물어서 또 채우지만
채운 것은 결핍뿐

채움에 목 매인 채
생의 봉우리를 세우고 지켜온 것은

기다리는 시간과
서성일수록 커지는 빈자리였다

민들레의 뼈대

모퉁이를 돌아서도
돌 틈
다시 사람의 발길 아래

시선을 멀리 둔
민들레의 은하銀河는 갓털이 닿는 자리

기침 끝에 똬리에서 풀려나는
바람결에 실린 희망

누가 무엇인가 꿈을 꾼다는데
내일의 꽃을 위해 멀리 떠난다는데
뿔뿔이 흩어지지만
모두 앞으로 나아가고 있다는데
왜 내 가슴에 날개가 돋아나는지

여명의 빛으로 꽃잎을 열고
스멀스멀 가벼워지다, 날갯짓을 보다가
하얀 눈물 번지는 눈을 비비다가

함께 떠나갈 수 있는 것인지

한 생의 무게를 이기고
견뎌내는 힘은 어디에서 오는 건지.

맹목盲目

골목 어귀, 나직이 헐렁한 돌담 위로
모과나무 엷은 분홍색 꽃
이파리 사이로 조마조마합니다

줄지은 이팝나무 가로수
바람결에 치렁치렁 흰쌀을 쏟아냅니다

뜨락의 모과나무나 이팝나무에서는
꽃을 보지 못했습니다

가까울수록, 손에 쥘수록
보이지 않는 맹목의 삶

진실로 진실로
나는 나를 모릅니다

민들레 소식통

무심히 짓밟은 민들레에게 묻는다

깊은 뿌리로 알아낸
땅속 물줄기는 여전히 낮은 곳으로 흐르는지
어두운 침묵이 무엇을 전하였는지

대지를 끌어안은 긴 잎새로 알아낸
이웃의 근황은 어떠한지
햇빛은 공평히 부서졌는지

높은 꽃대로 높은 허공만 보지 않고
아래를 바라본 적 있는지
하늘의 진짜 주인은 누구였는지

둥글게 뭉친 씨앗의 형상으로 알아낸
떠밀린 바람의 각도는 어떠했는지
고향의 꽃소식은
떠난 사람의 안부는 들은 적 있는지

갓털은 어디로 갈 것인지
다시 밟히는 자리
거기로 가는 정해진 궤도는 없었는지.

혼자를 말하다

'공자' '맹자' '순자'와 '혼자'를 나란히
성인의 반열에 두어도 괜찮을까
아니다
맨 앞에 받들어야 할 것 같다
한 사람을 알게 되고
다시 열 사람을 알게 되고 백, 천, 만,
수억의 사람을 알게 되어도
비가 와도 눈이 와도
꽃이 피고 열매가 달려도
음악회에 와서도
사랑에 빠져서도
내가 아는 건 오롯이
'혼자'라는 사실.

_____ 제2부

서툴다

'서툴다'란 한마디 큰 위로가 된다
차츰차츰 좋아지기까지 한다
텃밭을 가꾸면서

당연한 풍작이 아니었다
땅 파기, 물주기, 거름주기
풀 뽑기, 해충 구제, 수확하기
그리고 모두 서툴렀다

세상살이도 온통 서툰 것 투성이다
사랑에 서툴고 시간에 서툴고 배움에 서툴고
기다림에 서툴고 참음에 서툴고 감사에 서툴고
침묵에 서툴고 감정에 서툴고 대화에 서툴고

무엇보다 사람과 서투름에 서툴고.

꿈을 꾸다

어디로 가야 할지 모르겠다
덩치를 키우려 하지 않았고
대장이 되기를 소망하거나
금빛의 큰 비늘을 바라지도 않았다

성공한 실패와 실패한 성공 앞에서
늘 자유로운 유영을 꿈꾸었다
이기는 삶보다 즐기는 삶을 향해 헤엄치고 싶었다
부정과 단정은 부질없는 짓
무리의 말미라도 자유를 기도했다

새파랗게 질린
파도 일렁이는 바다에서
사방에 펼쳐진 배타의 그물에 걸려
상흔을 끌어안고 탈출을 기다리지만
눈먼 몸부림으로
또 다른 그물을 드리운다

유전流轉

가젤은 드넓은 초원에서 통통 튀어 오르다가
저도 모르는 새 호랑이 등에 올라탔다
다들 호랑이가 무서워 그를 피해 돌아갔다
가고 싶고 먹고 싶은 것은 평탄한 들길을 지나
무성한 풀밭의 부드러운 풀이었으나
모두 호랑이의 뜻대로였다
헌한 산길을 지나
바닥이 드러난 물가에서 친구 가젤을 엿보다가
약한 녀석을 뒤쫓아 덮쳐 쓰러트릴 수밖에.
이럴 때마다 생각했다
호랑이는 나의 영원한 친구
아마 띠도는 삶을 완전히 이해하지 못한 채 죽으리라
다만 떠밀려 내려와 쌓인 흙이 비옥하듯이
떠밀려 살아온 내 삶도
언젠가 거름 진 날 있으리라

괭이밥

오죽 만만하면 —밥이라 불릴까

개밥바라기 별이 지키는 떠돌이 개밥도 되지 못하고
도둑괭이조차 먹지 않는 괭이밥

키 작은 제비꽃
껑충한 쑥부쟁이 틈에서도
곁을 내달라며 바닥을 기어 옆자리를 차지한다
늘 친구와 키를 맞추어 크지도 작지도 않게
나란히 앉아주는 것이다

뽑고 뽑아내도
곁에 있는
곁을 내어준 이 땅의
전사 중의 전사, 불퇴전의 전사

끝내 작더라도 꽃을 피우고
씨앗을 맺는
만만한 밥들로

오늘도 나는 외롭지 않고
배부르고 등 따뜻하다

눈물 없는 울음

삼복더위 여름 한낮
짧은 생애 덧없다 매미가 운다

허기를 끌어안고 염천에 종일 콩밭을 맨 어머니
밤새 가슴으로 운다
어깨 들썩이는 속울음 가파르다

살다가 지친
어느 날 귀울음이 찾아왔다

잃은 것 없고 남은 것만 있는
눈물 없는 울음

시작은
질긴 껍질을 찢는 힘을 지닌
인고 사랑 그리고 쟁쟁한 생이었다

꿈꾸는 이유

두개골의 용량으로 지능을 가늠하여
진화의 척도로 삼기도 한다

우렁쉥이의 유충
포식자를 피해
끊임없이 도망치며 살아갈 때는
작지만 나름의 뇌가 있다

성숙하여 바다 속 꽃으로 피면
뇌를 소화시켜 에너지원으로 삼는다

사는 깃에 길들어
방황하지 않는다면
편히 정착하여
치열한 삶을 추구하지 않는다면

뇌는 사라지는 것

아무도 내게

두뇌가 남아있는지 묻지는 않지만
나는 누구이고 무엇을 할 것인가
여기는 어디이고 어디로 갈 것인가

잠자는 검은 씨앗
제 몸에 새겨진 움을 틔우려면
두근거리는 가슴으로
추위의 늪을 건너야 하는 것이 우연은 아니다

당부

아들아, 딸아

능력이 허락한다면
상대에게 져라
그리고 베풀어라

만약 능력이 달린다면
싸워 이겨라
그리고 이익을 쟁취해라

언제까지라고 묻지 마라
평생 그러해라

과거는 늘 도망간단다
내일을 기다려라

내 것이지만
남들이 더 많이 사용하는
이름을 꼭 기억해라

언제든지, 오너라
– 청맥재*에서

아들과 딸아

살다가 잘 살아가다가
봄이 필요하면 오너라

살다가 편안히 살아가다가
여름이 필요하면 꼭 오너라

살다가 무탈하게 살아가다가
가을이 필요해도 달려오거라

살다가 오붓이 살아가다가
겨울이 필요해도 그냥 달려오거라

봄 여름 가을 겨울 상관없이
잊지 말고
언제든지 어서 오거라.

* 청맥재 – 부모가 일군 농장에 있는 농막.

응답

멀리 사는 아들에게 수시로 카톡을 보낸다
내내 무응답이더니만
오랜만에 답이 왔다

달랑 마침표 하나

적막이 회소식이라 믿었는데,
꼬리에 꼬리를 물고 달리다 지친 생각
마침내 답을 떨군다

천지인天地人이 모두 하나의 점으로 시작하니
지금까지는 무탈하다고.

무심코
점 하나 찍던 시절 있었다.

파과 1

어느 구석엔가 상처가 있다
서로 부딪혀 짓무른 곳이 있다

상처로 쓸모없어 보이는
어쩌면 덤으로 오가거나
장날 무더기로 팔리는
싸구려 떨이들

그러나 상처 난 쪽이 단맛이 먼저 들고
더 맛있는,
장사꾼도 어머니도
더 맛있다고 우기는
버려질 존재가 아닌
과일들

어머니가 좋아하던 복성*과 홍시

속이 먼저 익어
서로를 물들이며

짓물러 한 몸이 되기 쉬운.

＊복성 – 복숭아의 전라도 사투리.

선별 2

특별함에 대한 열망
인정받으려는 욕심으로
후끈 달아올라 섬뜩하게 드러내는 잣대

수평은 사라지고
계단 위에 쌓아 올리는 단단한 수직의 줄 세우기

쫓고 쫓기는 자
겨루며 공존하는 세상
생명체들의 갑옷은 두꺼워지고
매 순간 입고 먹을 것
이편저편을 가르고
사랑을 고르고 사람마저 고른다

한 줌 재가 되는 길이 목적지로 정해진 생에서
돋보이려는 배치와 분배의 깃발 아래
서로를 갈라놓는 선별

가파른 숨결의 생각 너머로

긴 역사의 길에는 펑퍼짐한 바닥과
빚진 사랑의 힘만이 존재한다

세모歲暮

기억 속 겨울의 이불
눈사람과 눈싸움
매서운 폭설 한파가 춥지 않았다

따뜻한 바람에
덧없이 녹는 눈사람
차가운 세파에
눈보다 쉽게 얼어붙는 사람

승패 없던
눈싸움 사라지고
기선 제압하려는
눈싸움만 기승을 부리며

한 해가 간다.

어둠의 힘

낮과 밤
하루의 첫차와 막차를 가른다
책을 읽을 수는 없지만
나를 읽는다
그림을 볼 수는 없지만
눈 감아도 너를 그린다

어둠에 새겨야 드러나는 달빛
뺨과 뺨을 맞대어 너의 안부를 더듬고
가슴 속의 고슴도치
섬광처럼 잊었던 이름 하나 스친다

사라진 그림자 빛을 기다리다
밝은 날을 알게 하고
밤새 골똘하게 수수께끼를 푸는 날은
언제나 소리 없이 비가 내린다

지나온 시간을 덮는 어둠
지금은 떨어진 꽃잎만으로도

산 사람도 죽이고
죽은 사람도 살려내는
꽃 피었던 기억과 꽃을 봤던 기억들

암흑의 그물에 걸려서야
서로서로 세상의 연관을 깨닫는다
어둠이 순수다.

비망록備忘錄

내가 기억해야 하는 사실

어제 웃었다는 것
흔들바위는
작은 받침돌 하나에 기댄다는 것

누군기의 뒤꿈치에서 알아챈
누구나 사람을 기다리는 또 다른 사람이라는 것

우리는 모두 만만치 않은 존재라서
세상이 만만치 않고
만만치 않게 버티며 살아간다는 것

죽지 않는 인간들의 밤에서는
힘을 가진 자만이
말할 권리와 말하지 않을 권리를 독점한다는 것

현란한 조명으로도 보이지 않는
차갑게 식은 눈빛에서

위로를 기다리지 말고
거기 뿌려지는 눈물 몇 방울로
그냥 울어버려야 한다는 것

겉은 바삭하고 속은 촉촉해서
겉과 속이 달라야 맛있는 요리이듯
세상살이도 안팎으로 다른 굴곡과 곡절이 있어야
인생의 참맛이 배어있다는 것

다름과 같음이 한자리에 있을 때
세상은 한층 더 아름답고
때로는 큰 것보다
작은 것이 더 소중하다는 것

사람을 미워하기도 하지만
결국은 사랑해야만 한다는 것.

정상頂上

기암괴석의 가파르게 높은 산
정상은 단 한 곳
뾰족한 바위 끝

야트막한 뒷산에도 정상이 있다
뭉툭하다

논과 밭, 들에도 있는 정상
드러나 보이지 않는다

수평선을 가슴에 품은 바다
가장 낮은 곳이 정상이다

언제 어디서나 내가 딛고 선 곳이
정상이다

음각陰刻

음각이 쉬웠다
주변을 깎아내는 양각보다

가슴을 칼끝으로 깊게 판다
참고 기다리며
조금씩 흘리는 아픔으로
제 몸을 다시 쪼고 쪼아내서
담담한 목소리를
쓸어 담을 깊이까지 파낸다

거기, 어둠과 그림자를 모아
좌절을 내려놓을 자리
꽃 피었다 지고 열매 맺을 자리

환하게 밝아진다.

연필

껍질을 벗겨내야 단단한 심心이 드러난다
깊숙이 갇힌 마음 검게 탔다

꼭꼭 눌러 적지만
미래가 과거를 알지 못하도록 지울 수 있다

흉터보다는 상처
상처보다는 거기 담긴 사연이 더 아프다

어제를 데리고 내일로 가는 세월
끝내 무엇을 남기려는 욕망
지워지지 않는 필기구에 밀려난다

제 몸을 갉아서
지우고 싶은 일들만 적고
오늘 지운 자리에서
새날을 시작한다.

체취

평생 들어온 욕과 원망
엄살을 부릴 때마다 먹어온 약
내 몸에 밴 체취의 원천이다
갯바위 굴처럼 철벽같이
벽에 걸린 액자와 함께 사는 어머니는
냄새를 잃어버렸기에
허공을 떠도는 냄새와 관계는 없다
어머니는 나무의 나무였다
해 질 녘의 장승처럼 그림자가 길었다
오래된 책을 펼치면 흘러넘치는 냄새
납작하게 접힌 나무의 영혼에서 풍기는 것일까
손때 묻은 오랜 기억에도 냄새가 있다
저마다의 삶이 품은 추위와 떨림으로
얼굴이 파래지고 온몸의 솜털마저 곤두설 때
체온을 지키고 생명을 지키려
덜덜거리던 것들
얼음 덩어리에 숨어 있어도
지워지지 않는 냄새가 있다
늘 흩어졌다가도 모이는.

우리들의 비밀

사과와 장미가 한사코 붉어지기를 고집하는 시간
얼굴 붉힐 줄 모르는 사람들
붉게 피 흘리는 세상을 펼친다
경쟁을 말하기 전에 경쟁을 알고
부끄러움을 외쳐도 부끄러움을 모르는
비밀을 알고 나서도
평온한 표정으로 지나가고.
많은 질문들을 견디며
붉은 장미나 사과도
오늘 별일 없다 아닌
참 행복했다 되길 빈다

떡갈비를 먹으며

잘 다져진 고깃덩어리
사람들이 원하는 부드러운 떡이 되려
떡이 될 때까지 칼날을 맛보았다

새끼를 한 번쯤은 낳은 암소였을까
피와 살, 뼈까지 팔아버린
입에 맞는
만만한 떡이라며
침을 흘리며 덥석 송곳니를 들이대다가는
이가 상하기 십상이다

숯검댕이 가슴으로
뜨거운 심장을 감싸던 뼈대였는데
줏대 없는 갈비가 어디 있느냐고
죽어 비석 하나 세워
매섭게 들이대는 떡갈비

난도질로 건너온 생의 끝자락
무너지는 남은 절벽

아직 온몸으로 떠받치며
우람했던 지난날 굳건히 품고 있다

작은 나무

그의 생에서 도망이란 없었다
불가능했다
앞서거니 뒤서거니 쫓기듯 살아왔고, 살아갈
쭉정이도 아니고 알맹이도 아닌
작은 나무였다
어젯밤부터 오늘 아침, 내일 한낮까지도
바람에서 바람으로 흔들릴 뿐이지만
욕심은 고래보다 크게 그 바람보다 빨리 자랐다
많은 가시를 품어도 누구도 핍박하지 않는
가녀린 나무의 꽃은 늘 희미한 색
어렴풋이 보이고 잠시 머무른다
피는 꽃마다 열매를 달 수 없고
달린 열매마다 익어갈 수 없음을
그늘의 품에서 깨달아 간다
가끔은 가시에 찔리고
어쩌다 울음을 삼킨다 해도
도무지 알 수 없는 아픔
적막의 끝에서 함초롬히 젖은 나무의 어깨 위로
봄의 왈츠는 언제나
가을의 세레나데로 끝났다.

_____ 제3부

삶이 꽃이다

문득문득 가슴이 에이다

비 오는 봄날 아침
세상이 너무 아름답다는 것에

겨울을 지우고
흔적 없이 스러지는 것이 꽃이다

산다는 것은
흔적을 남기는 것이 아니라
종내 지우는 것

삶이 꽃이다.

나뭇잎

벌거벗은 나무에서 새잎 피어날 때
작은 소리조차 없이 시나브로 돋는다

다만 풍성히 자라고도
단단히 매달리려 고집을 부릴 때
바람은 세차게 흔들며 큰소리로 함께 운다

나뭇가지에 자리함은 허공에 머무는 것
매달릴수록 허공의 시간은 자라고
감당하기 벅찬 날들
갈수록 엇갈리고 부딪쳐도
기대지 않고는 홀로 설 수 없음을 깨닫는다

시간이 가진 것은 탄식
울부짖으며 달려드는 바람과
겨루는 것이 아니라
함께 춤을 추어야 하겠기에
끝까지 매달리려는 집착을 버린다

안식은
바람에 몸을 맡길 때 비로소 얻는다.

봄의 풍경

겨울의 종점에서 마주치는
봄이 어떤 풍경을 품었는지

노란 등불을 올리는 개나리
폭발하듯 피는 벚꽃
비밀스럽게 입술을 여는 목련

순식간에 터지는 빛의 무늬로 장식한 꽃은
햇살 아래 빨리 지나가는 풍경
보이지 않는 뿌리는
어둠 속에서 오랫동안 자라는 풍경

깊은 눈빛으로 하늘을 보는
오래 견디는 사람

꽃 핀 짧은 날보다
꽃 진 긴긴 날
한 뼘 더 자란
푸른 나무를 기다린다.

들꽃에 들다

들꽃들이 모여
들꽃 밥상을 펴놓고
들꽃을 얘기하며 들꽃으로 피어난다

제때 제 땅에서 제 손으로 가꾼
배추김치 깍두기 파김치 두부김치
그리고 진한 땀방울 뒤에 막걸리 한 잔
속셈이 그대로 드러나는 말투
속살이 슬쩍슬쩍 드러나는
헐렁한 차림새의 지문 없는 사람들

농사를 지어도 1인분
음식도 술도 1인분이지만
모여서 풍성해지는 서로를 챙기는 정담
웃음과 인심, 꿈틀거리는 주름살
때론 슬픔까지도 나누는

들꽃들
들꽃에 들었다

꽃이라 해도

꽃이라 해도 늘 활짝 웃기만 할까
어둠이 오면 잠들고
바람에 등 돌리고
씨앗을 위해 노심초사한다

꽃이라 해서 늘 향기를 펼칠까
나비를 한없이 기다리고
햇살은 바라만 보고
일찍 시들까 안절부절이다

꽃이라 하여 늘 사랑만 받을까
각각의 색이나 향이
누구에게나 선물이기를 기도한다

고개 숙여 웃으며 피는 꽃
화사한 색을 내는 꽃
짙은 향기를 뿜는 꽃
모두 기대어 살고 싶기 때문이다

꽃과 사람

꽃을 보다 생각한다

세상의 모든 꽃이
일제히 피었다가 일순간 한꺼번에 지고
모두 한 송이씩만 매달리고
죄다 같은 색으로 핀다면

세상의 모든 꽃이
같은 크기와 생김새로 피고
같은 키로 자라고
똑같은 향기를 지녔다면

세상의 모든 꽃이
매양 기름진 땅에서만 돋아나고
양지나 음지를 골라서 자라고
한낮이나 어둠 속에서만 핀다면

지금처럼 아름답고 향기롭게 느껴질까

저마다의 모양과 색깔과 향기로

제각각 서로 다른 시기에
홀로이거나 어울려서 피었다 지고
햇빛 아래든지 달빛 아래든지
스스로 피었다가 스스로 지기에
꽃은 꽃이 된다

세상의 모든 사람
언제 어디서나 스스로 홀로이고
서로 다르기에 사람이다.

첫사랑이 있었다

나는 사라지고 없다
허탈한 마음을 피워올린 목련에서도
환하게 터진 벚꽃 속에서도
흔적조차 찾을 수 없다

문을 열고 찾고 문을 닫고 찾고
별 속에서도 달 속에서도
똑바로 보거나 곁눈질로 겨눠도
나는 그림자 한 점 없다

자다가도 깨어나서도 애써 더듬으면
짙은 어둠 속
너의 향기와 목소리, 숨소리까지
훅 한꺼번에 다가오는데

너만 보면 눈부셨던
그 오랜 습관으로
나야 있어도 없어도 그만이겠지만
눈 감고 다시 보면
끈적한 눈물 속에서

우리는 여전히 끌어안고 있는 듯

헐렁한 거리 낯선 바람
봄밤의 칼날에 스친
나는 없고
빛과 어둠을 모두 품은
너만 우뚝 서 있다.

개구리가 우는 까닭

유월 저녁 어스름이
나를 불러 이야기를 건다

모는 심어졌고
올챙이의 시간도 저물었다

어둠이 올 때면
울음 없는 세상은 오지 않는다고

어미가 울어야
울음소리에
새끼는 버티고 자란다고

침묵할 때와 노래할 때
웃지도 울지도 못할 때
절정의 시간에도 울음은 있다고

꿈을 꺾고 버리고 지우면서
개구리는
듣는 사람 없어도 새벽까지 운다

아직 사랑한다는

어둠이 돌아오는 저녁 외출한 별들을 향해
개구리들이 운다
축적과 상실의 시간을 보내며
통점痛點은 어디일까

과거를 잊겠다는 맹세의 서약으로
돋아난 다리
닳고 짧아진 꼬리

천둥번개 소나기가 남긴 것이 무지개
이젠 이름도 기억나지 않는 사랑이라도
운다는 것은
아직 사랑한다는 말

사랑을 할 때는
울 수밖에 없고
울음소리를 듣고 자란 사랑만이
우리의 사랑

삶의 언약궤에는 망각만이 가득하여

너와 만났던 처음의 순간
그 첫 마음까지 잊어가는 것이 슬퍼도
사랑은 하여야만 하고
봄밤에는 울어야만 한다

비법祕法

꽃을 줄 세우지 마라
다르게 생각하는 꽃들의 역사가
다양한 향과 색을 일구어내도록

꽃의 그늘을 기억하라
몸을 낮출 수밖에 없도록
잘난 척 우쭐댈 수 없도록

꽃의 상처를 잊지 마라
몸을 끊임없이 살피도록
아픔을 웃음으로 보듬을 수 있도록

발돋움하여 하늘에 가까워질수록
땅속뿌리만 깊어지는 것

그늘은 넘어서고 상처는 웃어버려
꽃이 꽃이라는
꽃이라서 향기롭다고
자신이 자신을 인정해야

세상에 홀로 우뚝 선
꽃으로 피어난다

전원생활 지침서

잡초를 찾는 눈은 감고
꽃을 보는 눈은 크게 떠라

풍성한 결실을 원하면
시비를 게을리 마라

씨앗의 힘을 믿어라
모든 생명의 시작이니 무슨 일이 있어도
씨앗을 보존해라

햇빛과 비, 바람과 땅의 위대함을 깨닫고
자연에 맞서지 마라
무릎 꿇은 세계의 편안함을 알리라

매사 때가 있음을 믿어라
절기는 절기다

이웃의 풍요를 부러워 말고
그의 땀을 칭송하라

배추흰나비가 날면 해충을 걱정 말고
승무僧舞인 양 즐겨라

작물 무성한 곳보다 빈터를 바라보며
하늘과 땅과 사람을 믿고 또 믿어라

가을이 오는 길

풀을 뽑다 뿌리 끝에 딸려 나간
여름을 본다
모진 손끝이 부르는 가을

바람이 허리를 굽히자 산 너머 구름 너머
높아지는 하늘

가장 높은 곳에 올랐으니
내리막길에 달했는지

가을은 노란 국화를 매달고
소리 없이 지름길로 내려온다

내려간다는
낮아진다는 것은
헐렁한 삶의 예물이 아니라

완성과 자유를 이끌어 시작을 알린다

감의 노래

유년의 노래가 흐르는
작은 스피커를 닮은 감꽃

이파리 사이로 수줍게 매달린 풋감에는
떫디떫은 청춘이 깃들고

적당히 흔들리고 상처를 감싸면서
허기와 한기, 침묵 속에서
제 색깔로 익어가는 감

어느새 영감이라 불려도 손색없는 나이

끝이 좋으면 다 좋다고
세상의 단단함과 떫은맛을 버리고
홍시가 되는지
호랑이도 물리치는 곶감이 되려는지

달콤하지만 삼켜지지 않는
검은 감 씨
목에 깊숙이 걸린다

모두가 꽃이다

해가 갈수록
철 따라 시간을 접었다가 펼치는 꽃
참 예쁘다

내가 꽃 같을 땐
꽃을 몰라본 것
꽃의 아픔까지 느끼기 시작하자
점점 더 예쁘다

꽃은 가까이 갈수록 예쁘다
향은 덤이다
새소리 바람 소리 숨소리 춤사위도
밤을 지샌 눈물까지도 덤이다

하늘도 땅도 사람도 꽃
세상 모두가 꽃이다

바랭이 2

눈에 띄지 않는다
꽃도 씨앗도

모질다 해도
한 마디 한 마디 뻗어가기가 만만하지는 않았다

구겨진 웃음과 일그러진 눈물로
뿌리를 내려
땅의 냄새와 색깔과 깊이를 안다

눈앞의 땅은 끝없이 넓어
평생을 기어야만 했다
그러나 서두르지는 말자 기도하며
어떻게든 기고 뻗어나가 온통 차지한다

하 맺지 못한 미련
무엇을 구하려는지

그믐의 기억

피는 꽃은
지는 꽃의 마음을 알 리 없지만
지는 꽃은
피는 꽃의 마음을 안다

지는 꽃은
열매의 마음을 알 리 없지만
열매는
지는 꽃의 마음을 안다

씨앗은
새싹의 마음을 알 리 없지만
새싹은
씨앗의 마음을 안다

초승달은 보름달을
보름달은 그믐달의 마음을 모른다

돌고 돌아 꽃은 다시 피고
바퀴는 굴러갈 것이다

잡초가 두려우면

풀씨를 가득 품은 풀들을 무서워해라
곧 온 대지에 퍼지리라

어린 풀을 소홀히 마라
곧 크게 자라리라

풍성히 자란 풀을 조심해라
곧 꽃망울을 맺으리라

꽃 피우는 풀을 경계하라
곧 씨앗을 매달리라

그리하여 매사를 가벼이 마라

잡초에 관한 소묘

잡초는 자신이 꽃인 줄 안다
스치는 바람 꽃을 흔든 줄 안다
무성하게 키운 대지 꽃을 키운 줄 안다
나비도 개미도 모두 꽃인 줄 안다
땅 위와 땅 아래 꽃 아닌 잡초 없다
비를 맞으며 환호하는 눈물 많은 생
원망 하나 없이
친구를 좋아하여 얽히고설키고
뻗대지 않고 구부리고 낮출 줄 알아
세상을 자꾸 땅으로 이끈다
씨를 뿌린 적 없이 자라고
다시 태어나도 잡초, 윤회를 믿지 않는다
누구나 잡초라 부르지만
누워 자란 몸
깊은 뿌리, 넉넉한 품
짓밟혀도 굴욕을 모르고
비명 없이 사람들을 받들며
땅의 기운을 축내지 않고 오히려 북돋운다
대지를 가득 채우는 진정한 주인으로
분명 자기 이름이 있다

물끄러미 바라보다
내가 잡초가 되어야 할 이유가 자꾸만 생각났다

하늘과 땅과 사람

무심無心은 무심천에서 오고
유구悠久는 유구천에서 온다

끝내 사람이.
내가 어디서 왔는지 모르겠다면

쉬지 않고 흐르는
무심천과 유구천의 발원지를 찾아보라

허수아비

허수아비가 돌아왔다
여전히 배가 고프다고 외치며

막막한 미래 보잘것없는 오늘
주어진 날들은 감쪽같이 지나간다

모든 일은
지나고 나서야,
멀어지고 나서야 선명해진다

해주지 못한
삶의 목표는 물음표 투성이라는 말

지키려는지 내버려 두려는지
홀로 선
그가 전하는 말은

가을의 오후는 잘 지나가고 있습니다

_____ 제4부

머랭*

사방이 거품이다
지금껏 탐한 적 없는 노른자는 빼내고
변방에서 변두리로 유랑하는 진득한 흰자만을 고른다
혼돈의 단맛이 있어야 풍성한 거품이 몰려드는 것
설탕을 더하고 거품기를 손에 든다
거품을 일으키는 일도 만만치는 않아서 팔이 떨어지라
휘젓는다
달콤한 유혹을 따라 발버둥쳐 보지만
헛바람만 일으켜 거품만을 일구는 날들
비가 말라버린 구름이 되어 떠돈다
어둠이 내린 벼랑에서 주린 욕망을 따라 걷다가
거품인 줄도 모르고
어깨에 덕지덕지 내려앉은 흰색의 허세
사는 것이 뜻대로 되지는 않지만
비릿한 세상맛에는 식초 한 방울 떨구고
이리저리 치대다 보면 거품도 단단해질 때가 있어
마냥 쓸모없는 존재만은 아니다
배고픈 이의 맘껏 부푼 빵이 되고

배부른 자의 멋진 장식으로 기지개를 켠다

* 머랭 - 달걀흰자에 설탕을 조금씩 넣어 가며 세게 저어 거품을 낸 것.

녹아든다는 것

출근길 버스 창밖 강물로 도로변으로
내려앉는 눈송이를 본다
창에 부딪는 눈발의 각도를 삼각 함수에 적용하면
달리는 버스의 속도를 계산할 수 있을까
강으로 내리는 눈과 길가의 눈을
친수성과 소수성으로 구분할 수 있을까
강은 순식간에 녹아든 눈을 품고
여전히 깅물로 흐르고
온갖 사람들이 흘러들어
하나가 되어 살아가는 세상 강물
나는 기름 한 방울로 둥둥 떠다니다 미끄러진다
내가 나를 떠도는 것은 아닐까
자신에게 녹아들어 하나가 되지 못하고
세상과도 하나 되지 못하고
세상을 겉도는 떠돌이 이방인
생각의 눈발이 향하는 곳은 어디인가
흔들리는 버스에서 내려
내가 나를 볼 때
눈가에 매달린 녹지 못하고 얼어붙은 눈
슬픔은 좀체 쉬 사라지지 않고
잔설 뒤축에 밟힌다

죄 많은 날

우산을 받고 걷다가
나보다 죄 많은 사람이
조금 떨어져서 걸었으면 좋겠다고
젖은 바지를 추키며 생각한다
사랑이 밥 먹여 주느냐며
아픈 사랑니를 뽑고 얼마 되지 않은 날이었다
먹고 사는 일이 눈앞에 어른대는 날도
비가 내렸다 가슴속으로.
죄 많은 날이었다
미워하고 원망하고
사랑은 없었다
그래도 밥 먹여 주지 않는 사랑이 가는 날
왜 그리 비가 내리는지
사랑니처럼 쓸모없는 우산이
바람에 날리는 날이었다

앙탈

하나님, 저의 죄를 사하여 주십시요
때때로 데릴라가 되어 삼손의 머리칼을 자르고
수시로 살로메가 되어 세례 요한의 목을 취합니다
카인이 되어 아벨의 머리를 돌로 치고
메뚜기가 되어 세상을 갉아먹기도 합니다
욕심의 홍수로 세상을 물에 잠기게 하고
오병이어를 주셔도 혼자 먹기에 바쁩니다
'너희 중에 죄 없는 자가 먼저 돌로 치라'*
'나도 너를 정죄하지 아니하노니'**라는 말씀에도
불구하고
다정한 말을 건네는 이웃, 말 많다 흉보고
말이 없으면 속내를 감추는 음흉한 사람이라 탓합니다
돈이 많다 적다 헤프다 소금보다 짜다
모든 것을 저만의 기준과 생각대로
세상을 손가락질하며 바벨탑을 쌓습니다
하늘처럼 높은 곳에 계신다면
더 높이 오르시어 바벨탑과 더욱 멀어지시고
진정 아버지시라면
저의 모든 사정과 시기와 질투를
오만과 편견을 두루 헤아리시고

부디 저의 죄를 용서하여 주십시오
도저히 용서할 수 없으시다면
그냥 모른 척이라도 해 주십시오
그리하여 언젠가 허물을 깨달을 시간까지
살게 하여 주십시오

* 요한복음 8장 7절
** 요한복음 8장 11절

참치씨 이야기

자유롭고 싶었다
매끈한 몸매 빛나는 갈기 탄력 있는 우람한 몸체
해류를 가르고 태평양이 좁다고 하늘로 날아 올랐다
작은 먹이를 구하는 탐욕에 걸려 몸부림치다가
하릴없이 오장육부 속을 탈탈 털리고 얼음 속에 갇힌
신세
날개를 잘리고 껍질이 벗겨져 알몸으로
조각조각 접시 위에 몸을 누인다
배꼽살 뱃살 등살 뽈살
이름이 새로 불리고
이따금 금가루를 발라 금을 섞은
욕망과 함께 소비되며 눈물까지 헌신한다
소멸되는 삶이지만
투명한 눈으로
꿈은 아직 바다에 두고
자유에 두고 생명에 두고
그러나 아버지의
자꾸만 작아지는 키는 끝내 보지 못하고
참치씨는
끝끝내 참치일 뿐 물고기일 뿐.

싱크홀 1

지하수가 빠져나가자
고층 건물의 무게를
지구는 끝내 견디지 못하고
싱크홀이 생겨났다

눈물이 빠져나가자
울음의 무게를
가슴은 끝내 받아내지 못하고
싱크홀이 생겨났다

싱크홀은 무엇으로 버티며
무너지지 않을까

지구도 사람도 지탱하는 물
자기 힘을 모른다

싱크홀 2

지상의 팍팍한 일상을 피해
아래로 뻗는 삶의 뿌리

하늘을 보는 일은
나를 마주하는 일,

밝은 햇빛은
죄책감을 비추는 감시사

지상의 질서는 허상
답답한 도로는 지하로 파고들고
잊고 싶은 풍경을 덮으며
수도, 가스, 전선, 통신선을 묻는다

불편한 질문은 땅 위에 남기고
편리한 침묵은 지하에 누워
지상이 잠잘 때 지하는 깨어난다

사는 게 버티는 것이라면
진짜 삶은
지하에 있는지도.

복기復棋

인생은 언제까지나 미생이라 말하는
한판의 바둑

수백 개의 돌을 주고받으며 승부를 겨루지만
한 수 한 수 모두 의미가 있기에
순서 하나도 어긋나지 않고 복기할 수 있다

이긴 사람에게는
또다시 이길 수 있게 하고
진 사람에게는
다음에는 이길 수 있게 하는 길을 말해준다

지금껏 지난 나의 한 판 생
찾지 못할 완생을 찾아가는 길이
꼭 흑백이어야 했는지
낱낱이 돌아볼 수 있다면 좋겠다

짧은 말 한마디, 사소한 몸짓
작은 발자국 발자국마다
숨결 한 줌까지도

의미를 담을 수 있도록

지는 것이 이기는 것이라는
어머니 말씀을 가슴 깊게 새길 수 있도록.

배제 인생

'동양화의 미학은 공간에 있다'

위험한 곳에는 가지 마라
험한 말은 하지 마라
나쁜 친구와 가깝게 하지 마라
불량식품이나 상한 음식은 먹지 마라
어떤 자리에서
어떤 태도는 용납되지 않으므로
이런저런 행동은 하지 마라

늘 안된다
허락되지 않는다
금하고 금하지만
금해지지 않는 세상살이

때로는 지금까지 금한 말이나 행동
지금까지 금했던 일
지금까지 금했던 순간을
금하는

배제 인생을
배제하는 삶을 꿈꾼다.

물음표로 끝나다

가장 무거운 물음표를 달고 세상에 나왔다

사방에 물음표를 던졌으나
대답 없고
물음표 안에 또 다른 물음표만 자맥질한다

작디작은 이 세상
더 작은 이 가슴
질문은 어디에 숨어 있다가
어느 틈에 튀어나오는가

물음표를 떨구며
마감하는 생이다.

선물

평생을 앞질렀다
목줄이 성실이었고
속도가 곧 능력이자 성취였다

남은 건 없었지만
숨 한번 고르고 싶었다
천천히 서두르지 말라지만
고삐는 여전히 당겨졌고
지팡이 하나 더해졌을 뿐

더 느려야 한다고 생각했지만
목줄은 여전히 팽팽했다
다리가 굳어 휘청대자, 바퀴에 몸을 실었다
따라오던 기억 흩어지고
창백한 얼굴만 끌려다니지만
그래도 멈춤은 허락되지 않았다

마침내 선물
목줄을 벗고 홀로 누웠다

턴테이블 돌리는 남자

매일매일 해가 밝아지면
세상의 전원이 되살아나고
턴테이블에 걸린 나날이 시작된다

관성으로 포장된 길
열망의 목록은 줄어들지 않고
넘어지지 않기 위해
나이테 위를 쉼 없이 달리는
사는 것이 견고한 요새로 변하는 순치馴致

축적되는 시간 속에서
채찍은 언제쯤 닳아 사라지려는지

새로운 음반을 기대하던 시절은 갔다
한때는 자랑스러웠고 한때는 부끄러운
지난날들을 닦고 또 닦다가
마침내 반경이 줄어들어
치이익— 돌기를 멈추는 순간이 오리라는 예감

잡음을 토해내더라도 멈춤 없이

돌기를 기대하는
주인을 모르는
낡은 턴테이블 돌리는 남자,

오해와 이해 사이

어디에 있는 바다인가

생각과 말 사이
어디에든 존재하는 오해의 바다

몰아치는 꽁꽁 언 파도
적의로 빛나는 불안한 눈동자
소용돌이치는 다섯 갈래 허물을 먹고 세상을 덮친다

격랑이 가라앉기를 기다리는 시간
유빙이 녹기를 기다리는 시간이 지나고
햇살 빛나는
평화로운 이해의 바다

서로 건널 수 없는 거리를 갖는
오해와 이해

혼자서는 그릴 수 없는
화해라 불리는
바다를 건너야 만날 수 있다

친구

한때는 참 많았다

사막의 입구를 지나며
물 대신 술잔을 자주 나누고
밥상도 수없이 함께 차렸다
하늘의 별과 달을 나눠 갖고
눈물 한 방울도 마주 들었으며
허공을 흔드는 웃음 속에서도
늘 옆자리를 지켰다

밀림을 이루었던 나무 하나둘씩 사라지고
흰 머리칼과 주름의 수레바퀴를 돌리자
허허벌판 홀로 서서
뼛속 깊이 바람이 스며든다
주위를 둘러보다 추위에 떨기도 한다

갈림길 모퉁이에 멈춘 사람,
친구

지금은 드문드문

눈 휘둥그레 찾는다
없을지 모르지만 계속 찾는다
다시 찾는다

뒤늦게 알았다

내 것인 줄만 알았던
삶
사실은 식객으로 지내던 것임을

옷에 단추가 풀린 줄도 모르던
걸음걸이
폼 재며 걷던 것이었음을

야금야금 꺼내 되씹었던
허기
일용할 양식이었음을

굽이마다 울컥거리는 금강물
차갑게 식어도 울컥하는 가슴
뜨거움이었다는 것을

바로 삶이었다는 것을.

그물

걸리면 살아남지 못한다는
바다의 전설
두려움을 나누려 떼를 지어 다니는 멸치
그들을 쫓는 속도의 다랑어도
결코 벗어나지 못한다

사람과 사람 사이, 정과 정 사이
하나하나가 낯선 손길의 그물코
더듬을수록 새록새록 촘촘한 매듭

연결이라 믿지만 그물
관계라 부르지만 그물

서로 맞닿을 수 없는
스스로 맺은 인연 그리고 말

그물은 멀리 있다고 믿지만
갈수록 벗어나지 못하고
스스로 걸려들어 몸을 조인다

지금, 이 순간

소중한 것은 변한다

아니다, 변하는 것이 소중하다

봄날의 꽃, 흐르는 구름, 스치는 바람

등 뒤로 조용히 기울어지는 시간의 돌

모두 변한다

지금, 이 순간

최고의 순간이다.

계룡산 삼불봉에서

용산구곡*에 발을 내딛는다
용은 간데없고 마주하는 선비의 기품

숱한 발길에 등 벗은
구불구불 얽히고설킨 뿌리들
큰 나무를 키워 올리고

올려다보는 마음
내려다보는 마음
오르고 싶은 마음
도란도란 물소리에 흘려보낸다

사방이 보이지 않는 그늘 속에서
지금 발 디딘 곳의 기쁨을 만난다

금잔디 없는 금잔디 고개**
어찌 이곳에서 발걸음을 멈추랴
봉우리는 만나야 한다

삼불봉에서 바라보는

천황봉 쌀개봉 문필봉 연천봉 관음봉***
하늘과 맞닿은 구름을 헤치며
큰 산은 홀로 아닌
함께하여 이룬다며 일제히 고개를 든다

중생의 고뇌를 품어주는 부처도
외로움을 이기지 못해
석가모니불, 문수보살, 보현보살
어깨를 나란히 서니
삼불봉이다.

* 조선조 문신 권중면이 정미칠조약에 분노해 공주시 반포면 상신리에 은거한
  계룡산 초입의 계곡을 용에 빗대 국권 회복을 기원하며 설정
** 계룡산 능선에 있는 고개
*** 계룡산의 여러 봉우리들

계룡산 연천봉에서

대지에 두 발을 제대로 딛고 서서
한 번이라도 하늘에 오르고 싶다면
땅과 하늘이 맞닿는
연천봉에 오를 일이다

경계가 경계를 지우는
무너진 경계를 넘나드는
그리하여 연천, 연천봉이다

눈 뜨자 부서지는 햇살 기도가 되고
고개 숙인 신의 눈길 따라
봉우리와 계곡을, 산자락을 흐르는 바람
구름과 비를 부르고
천둥번개는 축포와 조명
경천의 땅을 적시는 저수지를 이룬다

감사와 축복이 오가며
비밀은 비밀이어서 비경이 되고
해보다 부지런하고
달보다도 부지런한 산

사람의 마음 따라 울고 웃고 숨 쉬는
빛과 어둠이 함께하는
오를수록 다음 봉우리를 기다리게 하는 계룡산

어디까지가 하늘이고 땅인지
어디서나 최선을 다하여 피어나는 사람인지를 묻고
싶다면

저 하늘의 눈물 지상에 내려 호수 되고
저 호수의 빛 허공에 올라 하늘 되는
연천連天이 곧 경천敬天,
경천이 곧 연천,
천지인의 합일을 이루는
연천봉에 오를 일이다

블루오션

경계 없는 허공을 팝니다
나름의 기준으로 이리저리 재단하여
필요 없는 부분을 값싸게 팝니다
정의와 공정도 팝니다
생각해 보니 내 편이 아닌 것은 필요가 없더라구요
마찬가지로 헐값에 팝니다
짧디짧은 지식을 팝니다
세상을 편견으로 재단하는 우매함이더라구요
덩달아 도매금으로 팝니다
지난날의 흔적을 팝니다
피 흘리게 고군분투하며 살았지만
내세울 만한 업적이 없더라구요
공짜에 가깝게 팝니다
눈에 띄지 않게 품었던 양심도 팔고
팔만한 것은 모두 싸구려로 팔고
추악한 욕심과 번지르르한 위선은
비싼 값에 삽니다
이 시장만이 경쟁 없이 성황을 이루는
성공이 보장된 블루오션이더라구요

낭비를 아시나요

브람스를 아는 만큼 낭비를 아시나요
소비가 만연한 도시에 사는
참을 수 없는 폭군을

연습한 적 없지만 오늘에 이르기까지
무한한 백지의 가능성과
다양한 사람과 사랑
마침내 흰 머리칼까지 낭비했지요

곳곳에 웅크린 낭비를 낭비인 줄도 모르고
과거는 이미 소멸시켰고
현실과 미래를 낭비하는 허영과 허세
진짜와 가짜, 진심과 위선의 문제에
구애를 낭비했으나 사랑을 구하지는 못했지요
시작을 낭비하면서도 끝을 얻지는 못한 것처럼요

이제 사랑한다면 이름을 불러주며
이름을 지키려 기도해요
마지막으로
이름까지 낭비하면 안 될 것 같아서요.

혼자라는 습관
- 손경선의 시

김웅기

외로워서

　'습관'이라는 말에 대해 들뢰즈는 다음과 같이 말했다. "습관은 주체를 구성하는 뿌리이며, 주체는 그런 뿌리 안에서 시간의 종합, 즉 미래의 관점에서 현재와 과거의 종합이다."(질 들뢰즈, 『경험주의와 주체성』, 1989, 184쪽(이솔, 『이미지란 무엇인가』, 민음사, 2023, 168쪽에서 재인용)) 이 말을 다시 톺아보면, 주체라는 것은 이미 있는 것으로서의 선험적인 존재가 아니라 삶이라는 시간을 이미지로 인식하는 경험 가운데 형성되는 존재로 봄 직하다. 그러니 습관이라는 것은 경험을 한 방향으로 분류하고 정리하는 기준의 최소 단위, 말하자면 삶의 최소 단위인 셈이다. '습관이 무섭다'라는 관습적 표현이 적절한 이유도 여기에 있다. 습관이 삶이라는 어간에 달라붙는 시간성에의 활용이라 비유해도 좋다면 '무섭다'는 곧 삶의 무서움, '나'라는 존재의 무서움, '나'가 직면하고 있는 세계의 무서움으로도 바꿔 말할 수 있을 것이다.

시인이란 이 '습관의 무서움'에 관한 특수할 정도의 예민한 감각을 지닌 존재다. 예컨대 황혼으로 물든 들판 위에 서 있다고 생각해 보자. 황혼이 주는 이미지는 단순히 시간의 말미가 마련한 생의 미련을 의미하는 것만이 아닐 테다. 황혼으로 물든 들판 위에 서 있는 주체의 시간성에 따라 그 이미지는 달라질 것이니 말이다. 다만 황혼을 시간의 종합이라는 이미지로 치환해 본다면 우리가 경유할 수 있는 굴절된 빛의 의미는 무수해진다. 그러니까 자진하는 지구의 시간을 태양의 하루로 바꾸어 상상하는 것처럼 하나의 인생을 이 들판의 한해, 혹은 하루로 빗대어볼 때, 푸르스름한 어둠 위로 머리를 내빼는 새벽에서 붉게 타오르는 태양 아래 그간 비밀스럽게 지켜온 어둠을 두 손 가득 내어놓는 황혼까지의 시간은 어떤 습관을 보여주는가? 어떤 삶의 비밀을 보여주는가? 생각해보지 않을 수 없다.

손경선의 시는 이 들판을 파수꾼처럼 지켜온 꽃이다. 그것은 때로 아름답고 작고 여리지만 생명력이 강하다. 그러나 자주 외롭고 죽음을 반복한다. 혼자 피는 것뿐만 아니라 지는 것까지의 시간을 채록하면서, 그의 시는 완연한 봄뿐만 아니라 모두가 돌아간 뒤 '혼자' 남은 겨울의 이야기를 땅거미 늘어놓듯 풀어낸다.

‘공자’ ‘맹자’ ‘순자’와 ‘혼자’를 나란히
성인의 반열에 두어도 괜찮을까
아니다
맨 앞에 받들어야 할 것 같다
한 사람을 알게 되고
다시 열 사람을 알게 되고 백, 천, 만,
수억의 사람을 알게 되어도
비가 와도 눈이 와도
꽃이 피고 열매가 달려도
음악회에 와서도
사랑에 빠져서도
내가 아는 건 오롯이
‘혼자’라는 사실.
─「혼자를 말하다」 전문

　주지하듯 ‘혼자’라는 말을 성인의 반열에 두고자 하는
것은 단순한 언어유희적 센스만을 염두에 둔 것이 아닐
테다. “수억의 사람을 알게 되”고 “사랑에 빠져서도” 여
전히 시의 화자가 받드는 것은 ‘혼자’라는 습관이다. 군
중 속의 고독이라는 말을 되짚어 볼 때, 그것을 인간이
지닌 보편적 특성으로 치부할 수도 있겠지만, 손경선의
시에서는 그것이 삶의 불가해한 요소로 자리하고 있다.
혼자는 텅 빈 구멍과도 같다. “고목은 아니지만 여기저기
구멍투성이”인 나무 하나도 쉽게 지나치지 못하는 시인
의 예민함은 오히려 그 구멍을 삶이라는 시간을 일종의
물성으로 머무르게 하는 이미지로 치환시킨다. “동짓날

짧게 빛나던 햇살”이나 “찢어지고 구겨진 어느 날의 페이지”, “홀로 힘들게 꽃 피고 지는 소식”(「구멍」)과 같이 ‘외롭다’는 텅 빈 구멍에 각진 세월을 보관함으로써 ‘괴롭다’로 생경해지는 감각을 그는 주저 없이 토로한다.

시는 외로움—에서 몸집을 키우는 괴로움—을 목격하고 고백하는 장르가 아니라 아름다움과 찬란함 속에 이미 포합되어 있는 외로움과 괴로움을 모두 말하는 방식으로 현현하는 이미지의 알레고리를 구성해 나가는 것이라고 말할 수 있다. 그런 점에서 손경선의 이번 다섯 번째 시집에서 주목해 보아야 할 것은 시편을 관통하는 외로움이라는 정념이 감상적 태도에서 비롯된 감정의 차원이 아니라 삶의 태도에서 발생하는 실존적 범주의 차원으로 이해되어야 한다는 사실이다. 따라서 손경선의 시에서 외로움을 이야기한다는 것은 삶을 이야기한다는 것과 동위를 이룬다. 그리고 그것의 특질은 낯설지도 않고 특별한 사건이라 할 수도 없는 시간 속에서 추수하는 ‘일상성’에 있다.

오히려 환하도록

음각이 쉬웠다
주변을 깎아내는 양각보다

가슴을 칼끝으로 깊게 판다
참고 기다리며

조금씩 흘리는 아픔으로
제 몸을 다시 쪼고 쪼아내서
담담한 목소리를
쓸어 담을 깊이까지 파낸다

거기, 어둠과 그림자를 모아
좌절을 내려놓을 자리
꽃 피었다 지고 열매 맺을 자리

환하게 밝아진다.
— 「음각陰刻」 전문

　손경선의 시에서 "어둠은 순수다."(「어둠의 힘」) 어둠이 없다면 밝음도 존재하지 않는다는 것이 그의 지론인 듯하다. "주변을 깎아내는" 일보다는 자기 삶을 파내는 것이 쉽다고 말하는 「음각陰刻」의 화자처럼 손경선이 "조금씩 흘리는 아픔" 따위를 감내하면서도 자신의 삶에 어둠을 만들어가는 까닭은 "좌절을 내려놓을 자리"를 마련하기 위함이다. 그리고 그 좌절이 "꽃 피었다 지고 열매 맺을 자리"와 병치되는 순간, 역설적으로 삶에 있어 필요한 시간은 언제나 어둠을 타진한다는 것을, 고통과 슬픔을 수반하는 삶이야말로 "환하게 밝아"질 자격이 있다는 사실을 보여준다. 실제로도 우리의 삶은 숱한 고통을 수반하며 겨우 앞으로 나아가고 있다. 미래의 관점에서 과거와 현재의 종합이 메울 수 없는 구멍, 즉 트라우마라면 어둠은 한 개인의 불행이 아니라 '우리'라는 공동체가 지닌 어둠이라는 습관 아닐까. 2010년대 이후 줄곧 회자 중인 시의 윤리성이란 것도 이제 단순한 창작론의 차원을 넘어선다. 그것은 '호흡'처럼 무의식적이고도 필수불가결한 삶의 장치다.

나는 이 장치를 누군가가 전용專用할 수 있다고 생각하지 않는다. 시간 위에 놓인 인간의 감각은 불행한 징후 속에 휩싸여 있는 현실을 자각할 수밖에 없기 때문이다. 그러나 그 현실은 부면에 아름답고 화려한 치장을 달고서 우리 앞에 버젓이 서 있다. 인공지능이 활개를 치고— 여기에 한몫 두둑이 한 창조주가 인간이라는 아이러니와 함께— 물신주의적 사고방식이 횡행하는 오늘날, 시인의 예빈한 감수성 또한 도리어 텍스트힙이라는 시류時流와 함께 특이점을 몰고 왔다. 이 같은 상황 속에서 트랜스휴머니즘으로 전화하는 무수한 경향을 바라보지만 한편으로는 그 무엇으로도 바뀌지 않으려는 휴머니즘의 노스탤지어를 고수하는 차원의 맥락도 함께 살펴야 할 것이다. 끊임없이 발전을 이룩하는 과학기술이라는 양지의 발밑에서 생동하는 정동적 발로로서 음지는 마치 인간의 마지막 희망처럼도 보이기 때문이다.

어느 구석엔가 상처가 있다
서로 부딪혀 짓무른 곳이 있다

상처로 쓸모없어 보이는
어쩌면 덤으로 오가거나

장날 무더기로 팔리는
싸구려 떨이들

그러나 상처 난 쪽이 단맛이 먼저 들고
더 맛있는,
장사꾼도 어머니도
더 맛있다고 우기는
버려질 존재가 아닌
과일들

어머니가 좋아하던 복성과 홍시

속이 먼저 익어
서로를 물들이며
짓물러 한 몸이 되기 쉬운.
　—「파과 1」전문

　손경선의 시에서 드러나는 '어머니'의 표상에 주목하는
까닭은 그가 지향하고 있는 실존적 휴머니즘으로서의 노
스탤지어가 모성母性을 근간에 두고 있기 때문이다. "지
금껏 지난 나의 한 판 생"을 "완생"으로 만들기 위해 두어
야 할 수手가 "꼭 흑백이어야 했는지" 반성하는 대목에서
"지는 것이 이기는 것이라는/어머니 말씀"(「복기復棋」)의
역설적 의미를 재차 상기하듯, 그의 삶의 중추에 들어서
있는 '어머니'는 어둠 속 밝음, 부정 속 긍정이라는 실존
의 메커니즘을 깨닫게 하는 상징이다. 생명의 탄생은 언
제나 어둠에서 시작된다. 빛이 닿지 않는 곳에서 다만 멀

리 들려오는 심장 소리를 습관처럼 익히며 바깥을 꿈꾸는 것이다. 막상 바깥으로 첫 숨을 토해내며 태어났다고 해도 그것을 희망이라 말하기엔 여전히 잠정적이다. 어떻게 살아가야 할 것인가? 이 질문에 답하기 위해 숱한 시간을 외로움이라는 도정 위에 두어야 하는 것이 인간의 삶이기 때문이다. 그런 삶에는 "구석"이 많을 테다. 누군가에게 쉽게 보여줄 수 없는 비밀스러운 "상처"가 많을 것이다. "그러나 상처 난 쪽이/단맛이 먼저 들고/더 맛있는" 이유는 그 내밀한 짓무름이 우리를 가장 인간답게 만드는 매개적 사건이기 때문이다. 몸의 가장 안쪽에서 상처를 내며 태어난 무수한 '나'로부터 습득한 "속이 먼저 익어/서로를 물들이"는 시간은 인간의 본질을 선명하게 제시한다.

누군가 보기에 쓸모없고 볼품도 없는 파과일지라도, 그것이 지닌 아픈 과거와 현재를 드러내 미래로 가져다 놓는 이 시에서 손경선이 마련해 놓은 시적 주체의 삶에 대한 태도는 점차 희박해지는 인간성의 미래를 '간절한 무엇'으로 돌려놓는 역설을 통해 인간 실존에 대한 고민을 지속시킨다. 중요한 사실은 그것이 단순히 자기−삶의 사건으로 구성한 세계가 아니라 어머니에서 '나'로 이어지는 어둠의 유전에서 발견한 '혼자'라는 중층적인 삶의 범주로서 구성한 현실의 이면이라는 점에서 결코 간과할 수 없는 미덕을 발견할 수 있다는 점이다.

흐르고 굴러서

　혼자서는 생각할 수 없는 생각들이 있다. 혼자로는 용기낼 수 없는 용기들이 있다. 그래서 혼자는 외롭다. 그럼에도 때로는 혼자서도 오롯해질 수 있다. 혼자라는 질서는 모든 질서를 위협할 수 있다. 누구도 생각하지 못한 생각으로, 그러나 언제나 삶과 죽음이라는 단순하지 않은 명제를 위해 흘러들 수밖에 없는 시간 속에서 외로움과 괴로움을 견디며 자기만의 시간을 만들어낸다.

가젤은 드넓은 초원에서 통통 튀어 오르다가
저도 모르는 새 호랑이 등에 올라탔다
다들 호랑이가 무서워 그를 피해 돌아갔다
가고 싶고 먹고 싶은 것은 평탄한 들길을 지나
무성한 풀밭의 부드러운 풀이었으나
모두 호랑이의 뜻대로였다
험한 산길을 지나
바닥이 드러난 물가에서 친구 가젤을 엿보다가
약한 녀석을 뒤쫓아 덮쳐 쓰러트릴 수밖에.
이럴 때마다 생각했다
호랑이는 나의 영원한 친구
아마 떠도는 삶을 완전히 이해하지 못한 채 죽으리라
다만 떠밀려 내려와 쌓인 흙이 비옥하듯이
떠밀려 살아온 내 삶도
언젠가 거름 진 날 있으리라
　―「유전流轉」전문

이 시의 제목에 부기한 한자로도 알 수 있듯, '유전'은 대대로 이어져 온 질서가 아니라 우연에 기반한 질서를 상징한다. "드넓은 초원에서 통통 뛰어 오르다가/저도 모르는 새 호랑이 등에 올라"타 버린 "가젤"의 우연적 사건은 '쫓기는 삶'을 '쫓는 삶'으로 바꾸는 결정적 계기가 된다. 이 과정에서 가젤이 만끽한 자유란 죽음을 경계하는 눈빛에서 죽음의 약점을 옭아매는 눈빛으로 변모하고, "호랑이"의 "떠도는 삶"을 이해하려는 지극히 관용적인 태도로 표현된다. 그러나 끝내 그 삶을 "완전히 이해하지 못한 채 죽"는 이유는 가젤이 애초에 지닌 두려움이라는 습관과 "가고 싶고 먹고 싶은 것은" "무성한 풀밭의 부드러운 풀"이 있다는 고백을 통해 드러나는 삶의 습관이 호랑이와의 본질적인 '차이'를 드러내기 때문이다. 그럼에도 이 시는 혼자가 된 가젤의 우연적 사건을 "언젠가 거름 진 날 있으리라"라는 '나'의 희망과 겹쳐 보이며 끝맺고 있다. 이 상상의 이미지를 통해 우리가 습득할 수 있는 의미는 시인에게 있어 '혼자'는 더 이상 상태가 아니라 하나의 '사건'이라는 사실이다.

매일매일 해가 밝아지면
세상의 전원이 되살아나고
턴테이블에 걸린 나날이 시작된다

관성으로 포장된 길
열망의 목록은 줄어들지 않고

넘어지지 않기 위해
나이테 위를 쉼 없이 달리는
사는 것이 견고한 요새로 변하는 순치馴致

축적되는 시간 속에서
채찍은 언제쯤 닳아 사라지려는지

새로운 음반을 기대하던 시절은 갔다
한때는 자랑스러웠고 한때는 부끄러운
지난날들을 닦고 또 닦다가
마침내 반경이 줄어들어
치이익— 돌기를 멈추는 순간이 오리라는 예감

잡음을 토해내더라도 멈춤 없이
돌기를 기대하는
주인을 모르는
낡은 턴테이블 돌리는 남자,
—「턴테이블 돌리는 남자」전문

　"열망의 목록"이 줄어들지 않는 "나이테 위를 쉼 없이
달리는" 시인의 삶 안에서 우리는 인간이라는 존재가 끝
없이 확장할 것 같지만 종국에는 "반경이 줄어들어/치이
익— 돌기를 멈추는 순간이 오리라는 예감"을 깨닫는다.
유한한 시간 속에서 무한을 희구하는 인간에게 있어 "한
때는 자랑스러웠고 한때는 부끄러운" 용기와 반성은 빛
과 어둠처럼 포합적이며, 들숨과 날숨과도 같은 호흡이
다. 그러나 "사는 것이 견고한 요새로 변하는 순치"에도

이 시의 "남자"는 아랑곳하지 않고 상상한다. 누군가 바늘을 옮기는 것이 아니라면 여지없이 끝을 향해 달려 나가는 이 "관성으로 포장된 길" 위에서 그러나 "잡음을 토해내더라도 멈춤 없이/돌기를 기대"한다. 이 같은 인간-삶의 양면성이 이 시간을 보편적인 운명이 아니라 이상하고 예외적인 것들을 상상하는 혼자의 우연으로 사건화하고 있는 셈이다.

그것은 어떤 유의미를 만들어낼까? 나는 다시 황혼의 들판 위에 서 본다. 우연히 발생한 여러 사건이 나의 '몸'을 만든다. 몸이 삶이라는 시간 속에서 발생한 우연적 사건의 총체라고 말할 수 있다면, 손경선은 여전히 그것이 물음표이며 물음표로 끝날 것이라 말한다. "가장 무거운 물음표를 달고 세상에 나왔다"지만 "대답 없고/물음표 안에 또 다른 물음표만 자맥질"하는 것이 인생이라는 말인가? "물음표를 떨구며/마감하는 생"(「물음표로 끝나다」)을 바라보며 역설적으로 관념에 다가서는 궁금증이라기보다는 여전히 경험해야 할 것이 많은 현실 앞에 바투 다가선 시적 주체의 모습이 선명해진다. 다섯 번째로 묶는 시집을 통해 손경선이 말하고자 하는 세계에는 이처럼 물음표가 붙은 낭만성이 도저하다. 그것은 때로는 전원적이고 때로는 모성적이며 때로는 감상적이다. 그러나 그가 혼자서 탐구하는 일상에서의 시적 발견은 독특한 체취를 남긴다. 나는 이것이 오늘날 감각으로만 승부를 보는 관념적 상징을 삶의 진곡한 경험으로 옮겨오는

중요한 테제이자 손경선이 구축한 자기만의 시적 질서로
본다.

피어난 '우리'라는 혼자

> 평생 들어온 욕과 원망
> 엄살을 부릴 때마다 먹어온 약
> 내 몸에 밴 체취의 원천이다
> 갯바위 굴처럼 철벽같이
> 벽에 걸린 액자와 함께 사는 어머니는
> 냄새를 잃어버렸기에
> 허공을 떠도는 냄새와 관계는 없다
> 어머니는 나무의 나무였다
> 해 질 녘의 장승처럼 그림자가 길었다
> 오래된 책을 펼치면 흘러넘치는 냄새
> 납작하게 접힌 나무의 영혼에서 풍기는 것일까
> 손때 묻은 오랜 기억에도 냄새가 있다
> 저마다의 삶이 품은 추위와 떨림으로
> 얼굴이 파래지고 온몸의 솜털마저 곤두설 때
> 체온을 지키고 생명을 지키려
> 덜덜거리던 것들
> 얼음 덩어리에 숨어 있어도
> 지워지지 않는 냄새가 있다
> 늘 흩어졌다가도 모이는.
> ―「체취」 전문

누구나 미움을 받으며 산다. 그렇다고 해서 '혐오'가 보편적인 정서가 될 수는 없다. 오늘날 우리는 편향된 사고 방식의 위기에 사로잡혀 서로를 힐난하는 초개인화된 시간을 건너고 있지만, 이럴 때일수록 자포자기해서는 안 된다. 체취는 자기-존재의 구실이다. 지울 수도, 누구로 하여금 지워질 수도 없는 정체성이다. 그것은 "평생 들어 온 욕과 원망"일 수도 있고, "오래된 책"으로부터 간접적으로 경험한 시간일 수도 있다. "해 질 녘의 장승처럼 그림자가 길었"던 "어머니"에 대한 추억일 수도 있고, "저마다의 삶이 품은 추위와 떨림"의 흔적일 수도 있다. 의미는 다양하겠으나 본질적으로 "지워지지 않는 냄새", 그것이 바로 체취이기 때문이다. 그런데 이 시에서 상정하는 체취의 진정한 의미는 개인성을 강화하는 것이기보다는 그 체취가 있기에 우리는 다르고, 그 다름을 이해하는 공동체로서의 관계성을 더욱 부각하는 것에 맞닿아 있다. "늘 흩어졌다가도 모이는" 것은 체취로 환유하는 우리의 삶의 모습을 꼭 닮았기 때문이다.

손경선이 시를 통해 지향해 보이는 세계란 바로 이것이다. 혼자의 운명을 수용하는 자발적 고독을 통해 완성해 나가는 개인의 시간이 곧 미래 사회에서는 희박해질지도 모르는 인간이라는 실존 범주를 위한 유일한 노스탤지어라는 것을 깨닫게 하기. 그렇기에 다름을 인정하는 중심 없는 공동체에로의 지향이 이 '혼자'의 차원을 삶의 방법론으로 격상시킨다.

꽃을 보다 생각한다

세상의 모든 꽃이
일제히 피었다가 일순간 한꺼번에 지고
모두 한 송이씩만 매달리고
죄다 같은 색으로 핀다면

세상의 모든 꽃이
같은 크기와 생김새로 피고
같은 키로 자라고
똑같은 향기를 지녔다면

세상의 모든 꽃이
매양 기름진 땅에서만 돋아나고
양지나 음지를 골라서 자라고
한낮이나 어둠 속에서만 핀다면

지금처럼 아름답고 향기롭게 느껴질까

저마다의 모양과 색깔과 향기로
제각각 서로 다른 시기에
홀로이거나 어울려서 피었다 지고
햇빛 아래든지 달빛 아래든지
스스로 피었다가 스스로 지기에
꽃은 꽃이 된다

세상의 모든 사람
언제 어디서나 스스로 홀로이고
서로 다르기에 사람이다.

　"저마다의 모양과 색깔과 향기"를 지닌 채 또 저마다의 다른 시간 속에 존재하는 우리라는 '혼자'를 상상해보자. "언제 어디서나 스스로 홀로이고/서로 다르기에 사람이"라는 말이 품은 공동체적 사유 속에서 아포리아로만 느껴지던 미래에 새 문이 열린다. 손경선은 결코 그 손잡이를 같이 잡자고 말하지 않는다. 혼자 잡아도 괜찮다고 말한다. 늘 혼자였던 우리의 습관을 믿으라고 한다. 그가 건너왔듯이 우리 모두가 건너왔다고 말하는 듯한 시의 행간 속에서 발견한 것은 다름 아닌 '나'의 경험이었고 '우리'의 경험이었으니 말이다. 실로 우리 삶의 가장 투명한 시간으로서의 혼자. 혼자가 지닌 두려움. 혼자가 지닌 외로움. 혼자가 지닌 슬픔과 괴로움. 그 모든 실존적 나르시시즘이 '혼자'를 더욱 '우리'답게 한다.

김웅기 ｜ 문학평론가

시와정신시인선 57

누구나 시간의 속도는 다르다

ⓒ손경선, 2025

1판 1쇄 | 2025년 12월 30일
지 은 이 | 손경선
펴 낸 곳 | 시와정신사
주   소 | (34445) 대전광역시 대덕구 대전로1019번길 28-7, 2층
전   화 | (042) 320-7845
전   송 | 0504-018-1010
홈페이지 | www.siwajeongsin.com
전자우편 | siwajeongsin@hanmail.net

공 급 처 | (주)북센 (031) 955-6777

ISBN 979-11-89282-88-2   03810

값 10,000원